KB136306

오늘이 말한다

오늘이 말한다

2023년 2월 1일 **1판 1쇄 인쇄** | 2023년 2월 10일 **1판 1쇄 발행**
글 이창건
펴낸이 차여진 | **펴낸곳** 숨 | **등록번호** 제406-2015-000048호
문의 050-5505-0555 | **팩스** 050-5333-0555 | **홈페이지** www.soombooks.com

ISBN 979-11-88511-29-7 03810

● 이 책은 숨이 저작권자와의 계약에 따라 발행한 것이므로 본사의 서면 허락 없이는
  어떠한 형태나 수단으로도 이 책의 내용을 이용하지 못합니다.
● 이 책의 정가는 뒤표지에 있습니다. 잘못된 책은 구입하신 곳에서 바꾸어 드립니다.

오늘이 말한다

이창건

시인의 말

'나뭇잎 하나 푸르게 하지 못하'는
절망 속에서도
곁에 있는 한 사람
덜 외롭게 하려고
덜 쓸쓸하게 하려고
애타는 시간이
참 많이도 지나간다

2023년 2월
이창건

차례

제1부

제2부

제3부

제4부

제5부

제1부

나에게 묻다

길을 가다

길가에 핀 민들레 앞에 앉아 코를 대고
민들레의 노란 숨결을 느끼는
천진난만한 가슴을 너는 가졌느냐!

티 없이 맑고 밝은 나무들의 새순을
먹먹히 바라보며 눈시울 붉히는
하얀 목련 같은 순진무구한 영혼을
너는 가졌느냐!

나비 날개 달고 팔랑팔랑

나비들이 날개를 팔랑거리며 이리저리 날아가
는 것 같아도

나비들은 여전히 향기를 따라간다

이 세상 사는 게 이래야만 한다면

나도 나비 날개 달고 팔랑팔랑 나비를 따라가
야지

바람 타고 향기를 찾아가야지

5월의 자작나무처럼 푸른 길을 가야지

못

나는 못이다
태어날 때부터 뾰족해 늘 머리를 맞으면서도
나는 세상 속으로 깊이깊이 들어갔다

어떤 세상은 너무나 단단해
첫걸음도 떼지 못한 채
세상 밖으로 튕겨 나가기도 하고
때때로 허리가 구부러지기도 했다

그럼에도 나는 내가 가야 할 길을 알고 있었으
므로

굽은 허리를 펴고 꼿꼿하게 세상을 걸었다

서로 다른 세상이 어긋나지 않게 맞춰지도록
맞춰진 세상이 다시 어긋나지 않도록

나는 보이지 않게
세상 속으로 깊이깊이 들어갔다

누가 있을까

사랑으로 아프지 않은 사람

길을 가다
돌아서지 않은 사람

향기롭고 슬픈 밥

점심시간에 나는 집으로 오곤 했다

외할머니는 먹을 것도 없는데
뭐하러 오느냐며 하시다가

부엌으로 들어가
찬물 한 그릇을 떠다 주시곤 했다

나는 물을 국처럼 마시고 학교 뒷산으로 달려가
아카시 꽃을 한 움큼씩 따
밥처럼 먹었다

어린 날, 목이 메도록 먹고 또 먹은

향기롭고 슬픈 밥

꽃 피우러 꽃 피우러

봄 오면 뿌리에게도 새순이 돋는다

뿌리는 연한 새순에 등불을 켜고
한 번도 가지 않은 길을 간다

어디가 깊고 얕은지
어디가 높고 낮은지

어느 길에서 돌아가야 하는지
지난겨울 잠시 멈추었던 길을 환하게 간다

가지마다 꽃 피우러 꽃 피우러

위로의 기본

- 괜찮아?

소곤소곤
네 귓가에

내 목소리

- 힘들지!

토닥토닥
네 어깨에

내 작은 손

꼬마 성자에게

눈이 아프니

흐린 하늘도
아름답다

하늘이 꼭 파랑이어야 할까

여우비

혼자 비 맞기
싫어서, 정말 싫어서

친구에게 전활 했지

- 미나야, 여기 비와!
- 무슨? 비가 와!

여우비는 여우처럼 달려가고, 그 뒤로

미나가 우산을 들고 딸랑딸랑 달려왔지

죽은 손

죽은 손이 있다
손가락이 움직여도 죽은 손이 있다

새봄 나뭇가지에 새순이 피듯
꽃이 피듯

내 마음에 정원 만들어

내 손에도 새순이 피어나게 해야 한다
꽃이 피어나게 해야 한다

그래서 차가운 손 잡아주고 슬픈 눈물 닦아주는

향기로운 손이 되어야 한다
살아있는 손이 되어야 한다

벌레

마루에 떨어진 오징어 껍질에
밤새
알 수 없는 까만 벌레들이 모여들었다

먹을 욕심들이 컸던 모양이다

어디 벌레뿐인가!

벚꽃

이 세상에 사랑을 두고 꽃이 핀다
이 세상에 죽음을 두고 꽃이 진다

땅에서는 하늘에서 내려온 바람으로 한바탕
소동이 일어나더니
꽃들이 혼란에 빠졌다
길에는 응급차 싸이렌 소리가 요란하다

할머니가 두 손을 모아 곱게 꽃잎을 받으신다

- 꽃 피는 게 사는 거다
- 지는 것도 사는 거다

할머니가 벚나무에 공양하신다

시간에 대하여

시간도 그대로 두면
죽은 벌레처럼 썩는다

그래서 꽃처럼 가꾸어야 한다
마음처럼 가꾸어야 한다

시간의 줄기가 푸르게 자라도록 물도 줘야 하고
시간의 뿌리가 깊이 내리도록
햇살도 뿌려줘야 한다

그리하여 시간이 낸 가지마다 봉오리 봉오리
맺어
삶이 꽃피게 해야 한다

아직은 내게 오지 않은 멀고 먼 하늘의 시간도
향기롭게 해야 한다

봄에는

봄에는 작은 소리에도 귀 기울여보자

어디서 아름다운 소리가 들려오는지
무엇이 아름다운 노래를 부르는지

이 세상 또 하나의 귀를 열어
귀 기울여 들어보자

흙에서 들려오는 뿌리들의 속삭임도 들어보자

소리란 소리는 다 들리는 봄에

목련꽃 아래서

찬바람이 한참을 지나가고
봄 햇살이 들자

하얀 목련이 피었다

나는 목련꽃 아래서
아무 말도 하지 않고 눈을 감았다

하느님 앞에 순한 양이 되고 싶었다

봄인데 포도가 먹고 싶었다

생선가게에 피는 꽃

생선가게에서
꽃이 핀다, 꽃을 판다

생선만 팔아서는 살 수 없어 그럴까
아닐 거다, 그렇지는 않을 거다

물고기 지느러미에 무늬가 아름답듯
생선가게 아저씨 마음에도 꽃무늬가 필요해서
일 거다

- 뭐 드릴까요?

엄마는 생선 대신 꽃을 골랐다

아저씨는 이 세상에 오기 전 꽃이 아니었을까
꽃이었으면 무슨 꽃이었을까

비린내 나는 아저씨 손에 피는 꽃
향내 나는 꽃!

성체

보리가 세상을 등졌다 보리는 가슴이 답답한지
숨을 가쁘게 몰아쉬며 몸 둘 곳을 찾아 이 방 저
방 마루 구석구석을 헤맸다 순간 보리의 죽음이
다가왔다 나는 보리를 가슴에 안고 성모님 앞에
무릎을 꿇었다 '보리의 영혼에 평화의 안식을 빌
어주세요'라고 기도했다 보리 눈에서 눈물이 흘
렀다 보리의 눈물을 닦아주던 내 손에서도 눈물
이 흘렀다 밤마다 동화책을 읽으며 내 오른팔을
베고 잠들던 보리는 내가 아프면 아프지 말라고
내 손을 핥아주곤 했다 간식을 먹다가도 내가 부
르면 언제든 달려왔다 사흘 뒤 나는 보리의 유골
을 보리랑 자주 놀던 나무 아래 뉘어 주었다 보리
가 목에 걸었던 십자가 목걸이도 함께 넣어 주었
다 꿈속에 보리는 빛에 싸여 하늘에 올랐다 아름
다운 성체였다

제2부

어린 왕자에게

이른 아침
어미 까치 한 마리가
먹이를 물고 날아간다

어디로 날아가는 걸까?

불쌍하다

지렁이가

흙 밖으로 나왔다가

길에서 말라 죽었다

죽은 지렁이가

개미들한테 끌려간다

작은 나무에게

작은 나무야,

천둥이 치는 건
세상을 놀라게 한 구름이
제 잘못을 뉘우치려고
제 가슴을 치는 거니까
놀라지 마! 토끼처럼

비야, 내려라

풀들이 허리 펴게
비야, 내려라

벼들이 가슴 펴게
비야, 내려라

비 오면 우리 엄마 밭에 가신다

비 오면 우리 아빠 논에 가신다

오래된 기차

어둡고 긴 터널을 지나
넓은 들을 지나

평생 얼마나 많은 역을 달려왔을까

구부러지고 휘어진
바람 앞에서
눈비 속에서

또 얼마나 많은 눈물을 보아 왔을까

돌

빈손인 줄 알았는데 돌을 들고 있었다

언제부터 들고 있었을까?

부끄러워라, 부끄러워라

누구를 향해 던지려 했을까

내려놓아라, 내려놓아라

새에게도 던지지 마라
하늘에게도 던지지 마라

내 손에 들려 있는 돌

내 마음이 들고 있는 돌

나무의 환대

때로는 나무도

어디론가 훌쩍 떠나고 싶겠지
먼 먼 바다를 품고 푸른 물살도 거스르고 싶
겠지

그러나 나무에게 이런 자유는 없다

그것은 슬픈 노래로 엄마를 찾는, 엄마 품이
그리운 어린 새들과
삶에 지친 아픈 영혼들이 쓸쓸함을 견디려

나무의 발을 땅에 묶어서 그런 거다

이것은 어떤 바람 앞에서도
나무가 한 곳에 자리 지켜 살아가는 이유이기
도 하다
꽃은 꽃대로 주고 열매는 열매대로 주는

아! 진실하고 아름다운
나무의 환대

마음에게

아프면 아프다고 말해, 마음에게
슬프면 슬프다고 말해

마음을 다독이는 것도 마음이잖아

아픔도 꽃이 되고
슬픔도 향기가 되도록

힘들면 힘들다고 말해
외로우면 외롭다고 말해

마음을 녹이는 것도 마음이잖아

알 수 없는 것

내 마음을 밖으로 꺼내놓으면

울퉁불퉁한 돌멩이일까

부드럽고 맛있는 빵일까

기쁘게 뛰어라

마음아, 늘 그래 와서 그러려니 하다가도

오늘 같은 날
잠만 자는 엄마를 보고 있으면
괜히 눈물이 나

그래서 말인데 마음아,
내가 너무 너를 슬프게 하는 것 같아 미안하
구나!

너는 쿵쿵쿵쿵
내 안에서 기쁘게 뛰고 싶어 하잖아

마음아, 첫눈이 오는 날이다

기쁘게 뛰어라!

혼자 간다고

쓸쓸해 하지 마라

혼자 가지 못하면
아무 길도 가지 못한다
정이나 외로우면
별들의 속삭임을 들으며 가라

지는 꽃

가을엔 피는 꽃보다 지는 꽃을
더 오래 바라보자

그 꽃이

어떻게 세상을 향기로 이끌었는지
어떻게 세상을 아름답게 이루어 갔는지

그 발자국을 따라가 보자

귀뚜라미 울음소리에도
꽃향기가 밴 가을에는

피는 꽃보다 지는 꽃의 뒷모습을
더 오래 바라보자

슬픔에 향기 있듯
지는 꽃도 아름답다

바로 그게 나였어

시냇가에 작은 돌들이
아무렇게나 앉아 있는 게 아니다

별 볼 일 없이 앉아 있는 게 아니다

작은 돌은 큰 돌 넘어지지 않게 아래를 괴고
있고
작은 돌이 괸 큰 돌 위에는 개구리가 앉아 벌
름벌름 숨을 쉰다

상처도 컸을 텐데,

서로가 등지고 밀어내지 않으며
올망졸망 사이가 좋다

마음에 쏙 들어 그냥 손에 쥐고 오고 싶은
몽글몽글 작은 돌 하나

바로 그게

그게 나였어

이게, 가을이야

햇살은 따뜻해
그런데 공기는 차

이게, 가을이야

가을이 이러는 건

나무들 곱게 물들라고
열매들 잘 익으라고
그러는 거야

물소리들 고우라고
그러는 거야

우리는 못 이겨

봄이다

지난봄에 보고 못 보았던 친구들
다시 만나는 봄이다

　담 모퉁이에 찾아온 개나리 노랑 별들과도
만나고
　노랑 별을 종종종 따라온 민들레꽃 나비도
만난다

그런데 노랑 별과 민들레꽃 나비가
이런 말을 하더라

- 코로나도 우리는 못 이겨!

나무는 혼자 보아야

나무는 혼자 보아야 좋다

말없이 혼자 보아야 좋다

그래야 나무가 순하디 순한
눈빛으로 다가오고

내가 누구인지, 어디로 가야 하는지
물을 수 있지

나무가 무슨 말을 하는지
들을 수 있지

제3부

착한 흔적

단풍잎이 떨어진다

벌레를 먹인 잎이다

군데군데 꺼뭇꺼뭇 붉다

작은 손이 벌레를 사랑한

착한 흔적이다

별이 떴다

오늘 밤에는

하늘을 쳐다보고
별을 세자

셀 수 있을 만큼
하나하나

눈 총총 세어보자
마음 총총 세어보자

머지않아

그 별들이
다 사라질 수 있으니까

톡 톡 톡

까만 밤이 환해진 것은

달이 떠서 그렇다
별이 떠서 그렇다

아니다, 아니다, 아니다

톡 톡 톡
내 창가에

네가 와서 그렇다

마음 연못

별을 따려고

하늘 높이 오르려고 애쓰지 마라

네 마음
고요한 연못 속에

반짝이는

별이 있다

짝

네가 달을 그리면
나는 달 아래 나무를 그렸다

네가 배를 그리면
나는 배 아래 강을 그렸다

네가 내 얼굴을 그리면

내 얼굴 옆에 네 얼굴을 그렸다

먼 길

네가 떠난 내 마음에
풀들이 자라

꽃이 핀다

풀꽃 하나하나에 너를 그리다가
무척이나 그리다가

사랑하고 사랑받는 것이
먼 길이라 생각하니

꿈길도 벼랑 같다

슬픈 유산

빙긋이 웃는 게
네 웃음이었지

그 웃음에

나무는 두 손이 묶이고
바위도 두 눈이 감겼지
나도 온몸이 꽁꽁 묶였고

그런데 그 해 그 봄 그 무엇이
수만만의 나비를 내 가슴에 날아들게 했을까

사랑이었을까, 사랑이었겠지

지금 이 세상에는 없는 웃음

내 삶의 슬픈 유산

네가 오는 소리

고운 단풍 손에 들고
두 손을 모은다

네가 보고 싶어서다

또 한 잎 들고
두 눈을 감는다

네가 오는 소리 듣고 싶어서다

그늘

나는 그늘이 좋다
나무 그늘이 좋다

나무 그늘 속

아픈 그늘 다독이는
아이가 좋다

울지 마라 아이야, 울지 마라 아이야

나는 그늘이 좋다
나무 그늘이 좋다

나무 그늘 밖 슬픈 그늘 지우는

반짝반짝 빛나는
아이가 좋다

승환이

태어나서 처음으로
승환이가 캠프를 떠나는 날

엄마에게 말했다

- 엄마, 오늘 밤은 형 꼭 안고 자
  형은 그동안 나 때문에
  엄마랑 한 번도 같이 못 잤잖아

승환이가 떠나고도,

엄마는 한동안 자리를 뜨지 않았다

승환이는 혼자서는 걷지 못했다

갈매기만 날았다

지난여름 네가 그랬지

바다는 썰물 때보다 밀물 때가 더 쓸쓸하다고
오지 않는 사람 기다리는 게 정말 쓸쓸하다고

나는 그 뜻도 모르고 네 손을 놓아주었지

그리고 다시 여름이 왔다

해는 뜨겁고 바다는 즐거운데
나는 빈 배로 바다에 매어 있고

기다리는 바다에는 갈매기만 날았다

첫걸음

첫걸음은
아기에게는 두려운 일이다
어려운 일이다

첫걸음은
아기가 스스로 넘어질 수 있다는 것을
처음으로 알게 되는 신비한 모험이지만

꽃을 보면 꽃을 따라가고
나비를 보면 나비를 쫓아갈 수 있는
힘을 기르는 것이다

세상을 열어 갈 새 길을 찾는 것이다

걸어라 아기야, 걸어라 아기야

첫걸음 떼는 아기는

한 걸음 떼고 주저앉고
한 걸음 떼고 주저앉고

오늘이 말한다

수많은 별자리들이 움직이고
달이 생각에 잠기고

해가 돌아 오늘이 온다

오늘은 왜 올까

그것은 오늘을 기다려
피어야 할 꽃이 있기 때문이다
태어나야 할 매미가 있기 때문이다
가야 할 길이 있기 때문이다

오늘 아침에도 나팔꽃이 피었다

오늘이 말한다

무엇이 아름다운가
어떤 길이 옳은가

나를 속이지 말고 다른 길로 가지 않기를

불행이 건드려도 넘어지지 않기를

꽃 울타리

아름다운 경계다
향기로운 경계다

꽃 울타리를 드나드는
바람의 옷깃과 벌과 나비들의 입들은
얼마나 향기로울까

풀과 돌들이 돋아나는 땅의 경계에 벽을 허물고

꽃 울타리를 세우는 이의 손길은
또 얼마나 거룩한가

그리고 이 땅의 힘들고 신비한 삶의 비밀을
꽃향기로 열어가는 것은

숭고한 삶에 대한
인간의 당연한 예의가 아닐까

가을 강은 순하다

그만큼 초록 무늬의 여름이
속살까지 비친다

푸른 거울같이 맑은 가을 강에는
하얀 가슴 드러내며 헤엄치는
물고기들의 지느러미도 편안하다

잔잔하게 물결이 이는 가을 강에는
슬픔도 곱게 익어 단풍처럼 물이 들고

이 세상에 태어나
사랑하며 살아간다는 것이
하나밖에 없는 삶에 기쁨을 주는 일이어서

가을 강의 햇살들은
어제보다 더 반짝이는 얼굴빛을 하는 것이다

가을 강의 알 수 없는 나무와 바위들도
물속보다 더 깊게
조용히 흐르는 것이다

이 세상 얼굴

타고난 꽃 피우려고

아파트 마당 보도블럭 틈 사이에서
싹 틔우고 잎 피워 꽃대궁 올린 봉숭아나

그 봉숭아 보고
마음 놓고 꽃 피우라고

봉숭아 둘레에 조약돌을 놓아
가꾸시는 경비원 아저씨나

다 아름다운
이 세상 얼굴, 세상의 빛

제4부

엄마, 미안해요

내 신발은 늘 컸어요

엄마는 세상에서 가장 큰 발자국 남기라고
내 발보다 큰 신발을 사다 주곤 하셨지요

그런데 내 발이 자라 신발에 맞을 때에도
세상은 내 발에 맞지 않았어요, 엄마

세상의 신발은 언제나 커서
벗겨지기 일쑤였지요

엄마, 미안해요

다리

더 넓고
더 먼 길을 가는

물 위의 길

어떤 이는
꽃처럼 웃고 가고

어떤 이는

오지 않는 사람
기다리다 가고

어떤 꽃은 눈을 맞고

엄마, 나는 이 세상 시간이 다
나한테 맞춰서 오는 줄 알았어요

해도 내가 잠에서 깨어날 때쯤 뜨는 줄만 알
았어요
해가 져도 엄마라는 해는 지지 않는 줄 알았
어요

그런데 엄마, 시간은 언제나 나보다 빨리 오
고 빨리 가서
갈림길에서조차 나를 따돌리곤 했어요
엄마라는 해도 꽃처럼 지게 하고 말았어요

엄마, 지금도 시간은 내 앞에 와서
자꾸만 비껴가곤 해요

어떤 꽃은 시간보다 먼저 피어 눈을 맞고
어떤 꽃은 시간보다 늦게 피어 비를 맞아요

엄마, 좋은 봄날 시간 맞춰 동산에서 만나요,
엄마!

봄 햇살

따뜻한 건 크지 않아요

봄 햇살이 어디 크던가요

새봄

하느님이

꽃 아닌 것도 꽃으로 피우시고

향기롭지 못한 것도 향기롭게 하시니

정말 새봄이다

꽃이 피는 이유

꽃은 왜 필까?
그걸 누가 모르나!

그런데 내가 꽃이 피는 까닭을 알게 되기까지는
꽤나 많은 시간이 필요했어

오랫동안
엄마가 아프면서부터
엄마 곁에 꽃을 놓아두기 시작했지

그리고 꽃이 왜 피는지 꽃에게 물었지

꽃이 그랬지

- 아픈 엄마 외로울까 봐
  그 곁에 한 사람 쓸쓸할까 봐

꽃이 핀다고

폭포 앞에서

작은 물방울들의 비를 맞는다
폭포의 말을 듣는다

폭포는 떨어지는 게 아니라 세상의 슬픈 일들
을 가슴에 품고 세상 속으로 뛰어드는 것이라고

슬픔을 잊기 위해서

아니, 기억하기 위해서

흩어지고 부서지는 것들 손잡아 주려고 구멍
숭숭 뚫린 몸을 던지는 것이라 한다

그리고 세상은 물거품이 아니라 끊어지지 않는
물줄기로 흐른다고

엄마가 그랬던 것처럼

내 몸에 잎 피어
나무 되면

내 가느다란 팔에 새들을 불러와
몇 날 며칠 새들과 쫑알거리고 싶다

엄마는 그날 왜 그렇게 울었는지도
말해주고 싶고

세상이 너무 억울해서 펑펑 울었던 일도
다 꼬지르고 싶다

그리고 어깨 어디쯤에는
새들에게 둥지를 내주어
어린 새들도 예쁘게 키우고 싶다

엄마가 그랬던 것처럼

참 많이 아팠겠군!

굽은 숲길 귀퉁이
정원으로 가꾸어진 오래된 나뭇등걸 앞에

할머니 할아버지가 서 있다

나뭇등걸은 할머니 얼굴처럼 군데군데 버섯꽃
이 피고
뿌리와 뿌리 사이 올라앉은 돌멩이에는 이끼가
푸르다

옹이에 갇힌 흙에서는 풀씨들이 돋아 자라
꽃들이 피어 있고

해와 달이 다녀간 나뭇등걸의 나이테에는
수많은 가지와 잎들과 새들을 키워낸
크고 작은 상처가 남아 있다

할아버지가 할머니 손을 잡고 말했다

– 당신도 참 많이 아팠겠군!

술래잡기

어젯밤, 엄마가 보고 싶은 초승달은
눈을 감았다

　- 나 찾아봐라
　- 나 찾아봐라

엄마랑 술래잡기

엄마는 귀뚜라미 뒤에 숨고
나는 초승달 속에 숨었다

엄마는 나를 찾으면
이름을 부르지 않고
초승달, 초승달이라 했다

오늘도 초승달은 눈을 감고
엄마를 찾는다

가는 길

가는 길
외로워
혼자 못 가나

우리 엄마 하늘나라
올라가는 길

하얀 나비 한 마리 또 한 마리

우리 엄마
쓸쓸해 혼자 못 가나

사람꽃

작은아이가

화분에 물을 준다고
조리개에 반이나 남은 물을 버린다

- 왜 물을 버려?

큰아이가 차가운 말로 묻는다

작은아이는
수도꼭지를 틀어 물을 받고는

- 꽃들도 새 물을 좋아해!

라며 향긋한 말로 물을 준다, 손이 작은

사람꽃이

해바라기 달빵

해바라기 대궁 한 군데에
작은 붕대를 얇게 두르고

줄을 묶어 곧추세웠다

쓰러지지 말고
넘어지지 말고
부러지지 말고

어떤 작은 손이 한 일이다

그날부터 해바라기는 밤마다 달빵을 먹기 시작
했지

달빵은 점점 작아지고
하늘에 달빵이 다 사라졌다

잠자리들이 파란 하늘에 주인이 될 때
하늘에는 더 달달한 꽃달빵이 생겼지

피는 게 사는 거라고
- 4월 16일

피는 게 사는 거라고
엄마가 말했지

그런데 형들은 왜 그러고만 있어!
누나들은 왜 앉아만 있어!

아픈 봄 바다에서 나와 꽃으로 피어야지
개나리로 피고 진달래로 피어야지

꽃봉오리로 남지 말고
붉은 저녁노을이 슬픈 바다에서 나와

꽃으로 피어야지
왜 말없이 그러고만 있어

형아야, 누나야,

소쩍새가 울어, 소쩍새가 울어

기다리는 아이

함박눈 펑펑 내리는 저녁

오지 않는 엄마
기다리는 아이

문 앞에 있다

엄마는 어디쯤 오고 있을까

기다리는 아이는 슬퍼라
기다리는 아이는 아파라

반지하

파란 하늘이 보고 싶고
따뜻한 햇볕을 쬐고 싶었을 거야, 그 아이는

엄마랑 이모랑 봉숭아 씨도 뿌리고 싶고
코스모스 꽃길도 걷고 싶었을 거야

그러나 하늘은 그 아이의 꽃은
피워주지 않았다

그늘 짙고 바람의 길도 좁은 반지하에
하늘이 쏟아부은 물 폭탄으로

그 아이와 엄마랑 이모는 세상을 잃었다

2022년 8월 8일
그 아이의 하늘이 무너지고 말았다

봄 길

겨울 내내
병원에만 오고 가던 엄마가
새봄, 봄 길을 나왔다

- 그 꽃 그 자리
  다시 피어도
  그 꽃 아니다

- 그 나무 그 자리
  다시 살아도
  그 나무 아니다

제5부

사랑의 창세기

나의 하느님은
마구간에서 태어난 슬픈 아기이다

십자가에 죽은 뒤
사흘날에 하늘에 올라 별이 된
피 흘리는 아기이다

스스로 이 세상에 방이 되기 위해
이 땅에 온 나의 하느님

그 아기가 태어날 때
정작 그 아기에게는 방이 없었다

먼지 나는 길에 머리를 둘 고향조차 빼앗긴
나의 하느님은 말했다

- 서로 사랑하여라

이 세상 사랑의 창세기는 이렇게 쓰였다

용서에 대하여

그것은 꽃이다

그런데 흙에서 피는 꽃이 아니다
나무에 피는 꽃도 아니다

그것은 오로지 마음속
마음 빛깔로만 피는 꽃이다

아픈 마음자리, 미움의 검은 잎 다 떨어버리고
분노의 씨앗 태워버리고 하얀 사랑의 뿌리에서 피는

이 세상 어떤 꽃보다
향기로운 꽃이다

이 세상 죽음마저 살리는
가장 크고 아름다운 마음 꽃이다

빈손

꽃 한 송이 든 손보다

더 아름답다

더 향기롭다

건널목

서울역 뒤

창고 건물 바닥에
노숙자 아저씨가 누워 계신다

아저씨는 하루살이가 귀찮으신지
허공에 팔을 휘휘 저으신다

나는 내가 먹으려고 산
빵을 아저씨 앞에 놓아 드렸다

사람들이 건널목을 건너간다

아저씨의 건널목에도
파란불이 켜졌으면 좋겠다

거울

그래, 웃는 거다
활짝 웃는 거다

거울에 비친
일그러진 내 허상에서 빠져나와

깔깔깔 웃는 거다

슬픈 얼굴은 지우는 거다

낮음에 대하여

강은

낮게
낮게 흐르다가
바다에 이르면

자신의 돛대를 내린다

이름마저 지운다

아름다움에 대하여

가을이다, 나무들이 신비롭다
열매들이 그렇고 빛깔이 그렇다

나무는 어떻게 아름다워지는가

나는 보았다

나무들이 깊은 초록의 강을 건너오면서 수많은
귀도 다 털어버리고
스스로 무릎 아래 그 아래로 낮아지는 것을

햇빛 속에서 바람 속에서 구름도 버리고
몸 구석구석 붙어 있는 허물들을
하나하나 벗어버리는 것을

나 바라보기

그냥 가만히 있기로만 했다
해가 멈춘 것처럼

붉으면 붉은 대로 푸르면 푸른 대로

꽃 피는 건 햇살에게 맡기고
비 내리는 건 구름에게 맡기고

그냥 그대로 있기로만 했다

우쭐대지도 않고
나를 낮추지도 않으며
나에게 돌을 던지지도 않기로 했다

그냥 있는 그대로
나를 바라보기로 했다

그저 가만히 가만히

시장에서

엄마랑 시장에 갔다

엄마는 시장 한 귀퉁이에서
푸성귀를 팔고 계신 할머니한테 가서
호박과 고추를 샀다

- 엄마 시장에서 안 사고
  왜 할머니한테서 사?

엄마는 웃기만 했다

하루 내내
나는 엄마의 꼬리가 되어 살랑거렸다

바다와 배

이 세상 바다는
저렇게 크고 넓은데

내가 만든 이 세상 배는 왜 이렇게 작을까!

내 배가 하늘의 별을 따라 나아갈 때

바람은 저만큼 떨어져 서 있으면 좋겠다
파도는 새근새근 잠을 자면 좋겠다

아빠에게 물었다

- 내 배에 무엇을 실어야 하나요?
- 빛과 소금을 실어라

아빠는 갈릴래아 어부였다

지구 조종사

조종사가 있다

AI보다 더 밝은 지구 조종사가 있다
지구 조종사가 지구를 조종해 우주를 비행할 때

어떤 계절엔 손에 손에 꽃을 든
봄이라는 여행객들 실어 오고

어떤 계절엔
반짝반짝 빛나는
향긋한 열매들을 한 바구니씩 들고 내리는
가을이라는 여행객도 싣고 온다

함박눈 송이송이 내리는
겨울이라는 여행객 속에는
별을 가득 멘
산타할아버지도 온다

나무의 고요

나뭇잎들이 피었다가

푸르렀다가 물들어 아름다운가 했더니

지고 만다

나뭇잎들은 왜 떨어지는 걸까

나무의 빛나는 고요는 잎 떨어진 뒤 온다

겨울나무

옷 벗은 나무를 보니

보이지 않던 나무의 상처가 보이네

나의 어리석음도 보이고

단출해진 나무 그림자 사이로

벌써 봄이 오는 길이 나 있네

눈사람

혼자 바람을 맞고 있는 나무를 보았어

밤 부엉이 울음 따라 부엉부엉 우는 나무를 보았어

봄 오면 나는 녹아 사라지겠지만

저 나무는 잎이 돋고 꽃이 피겠지

나비들도 팔랑팔랑 날아오겠지

혼자 바람을 맞는 나무를 보았어

외로운 겨울을 견디는 나무를 보았어

그리움

눈 녹은 자리는

초록인데

내 마음은 언제

너와 함께 초록이 될까

사박사박

봄눈이 오시네

꽃 피는 일도 서두르지 마라 는
계명을 들고

사박사박

하얀 맨발로 오시네

빨강 신호등으로 오시네

좁은 의미의 동심을 넘어

신지영
아동문학평론가

신지영: 이번 시인과의 대화를 위해 선생님의 시집
『오늘이 말한다』를 천천히 여러 번 정독했습
니다. 매번 읽을 때마다 새로운 느낌을 주는
시들이 많아서 아주 좋았는데요. 그때마다
떠오르는 생각들에 대해 선생님께 직접 듣
고 싶었습니다. 그래서 오늘 대화는 제 물음
보다 선생님의 말씀으로 오롯이 채우는 시
간이 되기를 기대하고 있습니다.

이창건: 먼저 문학 전반에 걸친 예리한 비평의 눈을
가진 신지영 시인과 만나 이번 시집에 대한
여러 이야기를 나누게 되어 무척 기뻐요. 그
리고 부족한 시를 묶어 세상에 태어나게 해
준 차여진 대표께도 감사해요.

신지영: 선생님, 시집 출간을 축하드립니다. 내용을 살펴보니 한 편 한 편의 시 모두가 깊은 사유를 거친 내용이라 오랜 기간의 정련을 거친 시집이라 생각됩니다. 선생님께서는 이전에도 많은 시집을 출간하셨는데 이번 시집을 엮으면서 마음가짐을 새롭게 한 부분이 있을까요?

이창건: 동시를 세대 장르라고 하잖아요. 특히 0세부터 10대에 이르는 나이를 주 독자로 하는 장르인데 이번 시집에서는 〈빨리 어른이 되고 싶은 어린이〉와 〈다시 어린이가 되고 싶은 어른〉을 아우르는 시를 쓰고 싶었어요. 성장을 위한 지혜와 성찰의 시, 상처 입은 영혼들을 위한 위로와 사랑의 시 그리고 어른들의 동심 회복을 위해 서정성 짙은 시 82편을 묶었어요. 그리고 한편으로는 좁은 의미의 동심을 넘어 동시의 경계를 확장해보려 했어요.

신지영: 선생님의 말씀을 듣고 보니 이번 시들을 읽
으면서 느껴지던 여러 감정들이 정갈하게
정리가 되는 기분이 듭니다. 이야기를 시작
하기 전 이창건 선생님의 그동안의 작품과
활동에 대해서 이야기를 듣고 싶습니다. 아
동문학가로서, 시인으로서의 지난 활동과
의미 있었던 작업 등은 어떤 것들이 있었는
지요.

이창건: 1981년 《한국아동문학》에 「어머니」로 추천
받아 등단했는데 42년이 되었네요. 그동안
열한 권의 시집을 내었는데 적게 낸 편이에
요. 시재가 없어 그런지 저는 시 한 편 한 편
쓰는 데 꽤 오래 걸리더라고요. 이번 시집도
꼬박 1년 넘게 고치고 고치기를 되풀이했어
요. 아마 백 번은 넘게 고친 것 같아요. 2008
년에 낸 『소망』이라는 작품집으로 제40회
소천아동문학상을 받게 되었는데 그때 심사
위원이셨던 최지훈 평론가께서 이창건의 동
시는 지금까지 우리 동시에서 다루지 않았

던 철학적인 담론을 제시했다는 높은 평가를 해 주셨지요. 우리 동시가 '리듬의 시대', '이미지의 시대'를 거쳐 2000년대에 들어 '의미의 시대'를 개척했다는 게 그동안 저의 시 작업에서의 작은 성과라고 생각해요. 사족으로 하나 덧붙이면 한국아동문학인협회 이사장으로 우리나라 아동문학 발전에 작은 손을 보탠 게 감사했어요.

신지영: 제가 느끼기에도 선생님의 동시는 굳이 말할 필요가 없는 상식적인 것들을 말함으로써 그 속에 숨겨진 또 다른 의미를 캐내어 보여주고 있어요. 그래서 선생님의 시가 철학적이라는 평가를 받으시는 것 같아요. 이러한 작업들은 독자들로 하여금 우리의 일상저 너머에 있는 무엇인가를 가리키게 하지요. 그럼 첫 번째 질문이에요. 선생님께서 언젠가 저에게 동심이 세상을 아름답게 만든다는 말씀을 주신 적이 있는데요. 제게는 상당히 인상 깊은 말이었습니다. 어떻게 보면

선생님의 시론 전체를 관통하는 표현 같기도 합니다. 물론 여기서 말씀하신 동심이란 단순히 사전적으로 정의된 어린이의 마음이 아니라 생각되는데요. 선생님께서 생각하시는 동심의 특성은 어떤 것들일까요?

이창건: 저는 인간의 원초적인 순수성이라 생각해요. 인간의 심성에 내재하고 있는 티 없이 맑고 밝은 천진난만함이라든지 순진무구한 사고나 행동 같은 것이라고 봅니다. 진선미를 추구하는 인간의 선한 생각과 의지도 인간의 원초적인 순수성에서 비롯된다고 봐요. 어린이들은 어른에 비해 원초적 순수함을 더 간직하고 있다고 봅니다. 이러한 인간의 심성이 세상을 아름답게 만들 수 있다고 믿는 것이죠. 동심을 사랑하는 사람들은 모두 시인이지요.

신지영: 제 안에 있는 동심을 들여다보게 하는 말씀이네요. 나이를 불문하고 누구에게나 크건

작건 동심은 존재한다는 걸 깨닫게 됩니다. 시집을 읽으면서 가장 먼저 다가온 것은 「사랑의 창세기」, 「용서에 대하여」, 「슬픈 유산」, 「착한 흔적」 등과 같은 작품처럼 시집 전반에 나타난 '사랑'이라는 주제였습니다. 선생님께서 시에서 표현하고자 하시는 사랑은 주로 어떤 사랑인지 듣고 싶습니다.

이창건: 제 시의 바닥에는 기독교 정신이 흐르고 있다고 생각해요. 제가 시를 쓰는 것도 하느님과의 동업이라고 생각해요. 하느님의 포도밭에 저는 성실한 농부가 되어야 합니다. 뭐 대단한 믿음은 아니지만 하느님이 우주를 창조하고 세상 만물을 지으셨다고 하는 믿음이 저한테 있어요. 저는 하느님이 인간과 우주 만물을 섭리하고 관리하고 있다고 생각하는데 그 방법이 사랑이라고 보는 것이죠. 저는 그 사랑을 드러내고 싶은 거죠. 그것이 신이 자신을 따르는 것들에게 행하는 헌신적인 사랑(아가페)이든 부모와 자식 간

의 사랑(스토르게)이든 연인 사이의 사랑 (에로스)이든 모든 존재를 소중히 여기는 인류애적인 사랑(필리아)이든 그 대상은 저의 눈에 비치는 모든 것이 되겠지요. 신도 사랑이 없으면 설 자리를 잃는데 시도 사랑이 없으면 설 자리를 잃게 되겠지요. 이 세상에 사랑 아닌 게 어디 있겠어요. 제 삶의 한 자락이나 제 시의 한 자락에서 하느님의 향기가 배어 있으면 참 좋겠어요.

신지영: 선생님 시에 흐르는 그 따뜻함이 어디에서 오는지 알게 하는 말씀입니다. 시도 사랑이 없으면 설자리를 잃게 된다는 말씀이 저에게도 깊은 울림으로 다가옵니다. 또 하나 인상적으로 다가온 작품은 강을 소재로 다룬 「낮음에 대하여」에서 입니다. 여기에서 강은 자신의 이름도 지우고 계속해서 낮은 곳으로 흐르다 사라지는데요. 사람이라면 누구나 가지고 있는 인정 욕망을 기꺼이 내려놓아야 한다는 것으로 읽힙니다. 이어지는 「아

름다움에 대하여」도 마찬가지입니다. 가을
이 되면 모든 것을 내려놓은 나무처럼 사람
도 때가 되면 낮은 곳에 머물며 자신이 가진
것을 내려놓을 때 아름다워진다는 이야기인
데요. 이는 「지는 꽃」, 「그늘」과 같이 약하고
사라지는 것들에 대한 애정 어린 시선으로
이어지는 것 같습니다. 낮아지는 것에 대한
선생님의 철학과 약한 것들을 다루는 선생
님의 생각을 듣고 싶습니다.

이창건: 「낮음에 대하여」와 「아름다움에 대하여」는
우리가 세상을 살아가는 지혜와 진리를 자연
의 한 부분인 강과 나무를 통해 드러내고 싶
었어요. 낮아진다는 것과 버린다는 것은 제
삶과 시에서 교만과 탐욕에 대한 상대 개념
으로 작용을 해요. 어쩌면 이런 것들이 저의
시를 철학적이라고 평가하는 항목이 되겠지
요. 제가 시에서 추구하는 것은 세상의 눈부
신 공간을 찾아가는 화려함이 아니라 작고
쓸쓸한 것들, 슬퍼 가슴속에 눈물 괴는 것들,

그늘이나 구석 같은 약한 곳을 한 번 바라보는 거예요. 저의 이런 행위는 시에 대한 의무라고 생각해요. 또한 아프고 불쌍한 것들을 위로하며 사라져 가는 것들의 실존에 대한 깊은 성찰이 시인의 책무라 여겨져요.

신지영: 선생님이 말씀하시는 시인의 책무는 시를 쓰는 사람이라면 누구나 마음에 새겨야 하는 중요한 덕목 같습니다. 저 또한 사회가 격리하고 배제하는 것들을 복원하고 자신의 자리로 찾게 해주는 것이 문학의 역할이라고 생각하니까요. 계속해서 질문을 이어가겠습니다. 요즘은 어린 시절부터 경쟁이 보편화 되어 있는 시대입니다. 그러다 보니 경쟁에서 뒤처지거나 친구들에게서 소외되어 힘들어하는 어린이들도 많은데요. 이것은 사실 성인이 된 후에도 마찬가지입니다. 선생님의 작품에도 「위로의 기본」이나 「누가 있을까」, 「승환이」처럼 힘들어하는 친구를 대하는 올바른 방식이나, 방금 앞에서 말씀하

셨듯이 지금 잠시 혼자라도 용기를 잃지 않
도록 「혼자 간다고」나 「나무는 혼자 보아야」
그리고 「오늘이 말한다」처럼 외로워하는 사
람들에게 격려하는 시들이 있습니다. 이처럼
지금 힘들어하는 어린이와 어른들에게 선생
님께서 건네주고 싶은 말은 무엇일까요?

이창건: 앞의 이야기와 이어지는 부분인 것 같아요.
세상이 아무리 메마른 사막 같아도 시는 인
간의 아픈 영혼을 안아줘야 해요. 상처받은
영혼들, 외로운 영혼들, 건강하지 못한 영혼
들에게 위로가 되어야 하지요. 슬프고 아프
고 쓸쓸한 인간에 대하여 시로써 연민하고
측은해하는 연민의 정과 측은지심이 있어야
하지요. 첨단적으로 문명화되고 극단적인 경
쟁사회에 고립되고 소외된 친구들을 향한
진정성 있는 다정한 말 한마디와 처진 어깨
를 다독이는 따뜻한 손이 절실히 필요한 시
대입니다. 우리는 다 함께 따뜻하게 살아야
해요.

신지영: '우리는 다 함께 따뜻하게'라는 말씀만으로
도 제 마음 한쪽이 따듯해집니다. 누구도 소
외되지 않고 품 안에 안는 시야말로 시답다
고 할 수 있겠네요. 다음으로 선생님의 말씀
을 듣고 싶은 내용은 역시 시의 본령이라 할
수 있는 서정성의 문제입니다. 사실 서정이
라는 개념이 함의하는 바가 너무 넓다 보니
일률적으로 말하기는 어렵습니다만 그래도
대체적인 태도는 그것이 일상이든 자연이든
시적 대상을 발견하고 정서적으로 교감하
는 과정이라 부를 수 있을 것 같습니다. 그
런데 선생님의 서정은 그 교감이 대상의 본
질을 찾아 아주 깊은 곳까지 다가가는 것 같
습니다. 예컨대 「봄에는」을 보면 "소리란 소
리는 다 들리는 봄에" 어디선가 들리는 아주
작은 소리를 찾아 귀를 기울이는 시인의 모
습이 있는가 하면. 또 「목련꽃 아래서」에는
목련꽃 아래 "아무 말도 하지 않고/눈을 감
았다"는 표현처럼 존재의 심연에 있는 무언
가와 교감하기 위한 모습이 있습니다. 선생

님께서 생각하시는 서정의 의미는 무엇인지
말씀을 듣고 싶습니다.

이창건: 우리 동시 문학에서 꾸준히 제기되는 문제
가 상상력 부족과 서정성이에요. 제 시에서
도 이런 문제점이 똑같이 드러나고 있다고
봐요. 특히 서정성에 대해 이번 시집에서 부
족한 부분을 보완하려고 노력했어요. 서정
은 시인이 시적 대상과 교감하는 주관적 경
험에서 오는 감정이잖아요. 이런 감정을 정
서라고 하는데 시인이 표현한 정서로 시인
의 내면세계를 파악할 수 있지요. 그래서 서
정을 시적 대상에 대해 엿보고 엿들은 것에
대한 시인의 독백이라 하기도 하지요. 시인
에 따라 교감의 정도가 다를 거예요. 교감
의 강도와 깊이 그리고 그 넓이와 크기가 시
인의 시에 투영되는 비율도 달라지고. 울림
이 큰 동시는 풍부한 서정에서 온다고 생각
해요. 우리 동시인들이 서정성의 회복에 대
해 더 깊게 고민해야 할 필요가 있다고 봄

니다. 시인은 자신이 시에서 드러내는 정서가 무엇인지 확실하게 파악하고 있는 게 좋아요. 또한 자신이 시에서 드러내려 했던 정서가 어떻게 형상화되었는지 늘 마음속으로 꼼꼼히 헤아려 볼 필요도 있고요. 또 조심해야 할 것은 정서의 과잉이에요. 정서의 과잉은 오히려 감상주의에 빠지게 할 위험이 있거든요. 이런 점들을 잘 극복하면 우리 동시가 더 발전할 수 있겠지요. 동시에서는 증오, 분노, 공포, 혐오, 편견 같은 정서보다는 보다는 사랑, 기쁨, 희망, 연민, 행복 같은 정서가 더 유용하리라 생각해요.

신지영: 시를 쓰는 사람이라면 모두들 깊게 공감할만한 말씀입니다. 결핍도 문제지만 과잉도 문제지요. 시적 대상과의 적당한 거리라는 것이 중요하다는 생각이 듭니다. 선생님의 동시에서 느껴지는 서정의 깊이와 성찰이 사랑이라는 구체적인 발화를 통해 쓸쓸하게 소외되어가는 많은 존재들을 위로하고 있는

것을 보면서 앞으로 우리의 시단에도 많은 영향을 끼칠 것이라는 기대를 해봅니다. 이제 조금 다른 이야기를 해볼까 합니다. 동시에 대한 오랜 오해 중의 하나는 동시는 사회문제와 거리가 있어야 한다고 생각하는 경향입니다. 아무래도 사회문제의 기저에 있는 복잡성을 독자들에게 한 번에 이해시키기 어렵기 때문이라고 생각되는데요. 하지만 어린이들도 당당한 사회의 구성원으로 마냥 회피할 수만 없는 것은 당연합니다. 예컨대 선생님의 시에서도 "그 별들이 다 사라질 수 있으니까"(「별이 떴다」) 계절을 유지하는 "지구 조종사"(「지구 조종사」)가 있어 계절이 자연적으로 순환할 수 있는 것처럼 은유적으로 기후 위기의 위험성과 이를 지켜야 할 필요에 대해 말씀하시고 있습니다. 또한 「피는 게 사는 거라고」와 「반지하」같이 세월호나 반지하 참사 그리고 「우리는 못 이겨」와 같이 코로나 사태 또한 시적인 접근을 통해 언급하고 계시는데요. 동시가 사회문제를 다루는 적절한 방식은 어떠한지 궁금합니다.

이창건: 기후 위기나 생태계 파괴, 바이러스에 의한 팬더믹 현상 같은 문제들은 우리에게 큰 위협이 됩니다. 인간의 멸망은 물론 지구상에 존재하는 모든 종들이 사라지고 지구의 종말까지 이른다는 보고서가 아주 오래전에 나왔었지요. 이런 문제들은 인간의 이기심과 탐욕에서 비롯되는 사회 경제적인 참사와 참화를 불러왔고 나아가서는 전 지구적인 재난 재해나 전쟁의 고통도 마다하지 않았지요. 그런데 그것이 표피적이거나 상투적인 방법으로 접근하는 근시안적 태도를 보여 주었지요. 과학적인 사실이나 현상을 설명하거나 사회적인 문제들을 고발하는 수준이어서는 곤란하지요. 앞으로도 포스트휴머니즘 차원에서 이런 문제들에 더 깊게 접근해야 할 것 같아요. 우리 아동문학에서도 초창기부터 인간 대 비인간의 관계를 넘어 포스트휴머니즘 관점에서 진지하게 수용해 왔지

요. 아무튼 그것들이 예술이 되기 위해서는 동시에서도 상상력과 심미성이라는 당의정을 입혀 인간의 가치와 비인간 세계도 소중하게 다뤄야 할 것 같습니다. 죽음의 문제, 아동 노인 학대, 성폭력, 가정폭력 같은 사회문제에 대해 우리 동시가 더욱 관심을 가져야 해요. 시인도 사회 속에 존재하니까요.

신지영: 시인도 사회 속의 존재라는 말씀이 인상적이네요. 사회 문제를 외면하기보다는 자신만의 당의정을 입혀 시안에서 이야기하는 것도 시인에게는 중요한 일인 것 같습니다. 다음 질문으로 이어가겠습니다. 시집에서 특별히 읽히는 부분은 4부에 주로 수록된 이른바 엄마 시편들입니다. 흥미로운 것은 여기에 실린 시편들이 일반적인 동시집에 수록된 엄마와 자녀와의 관계와 미묘하게 차이가 있다는 것인데요. 기존의 시집들에서 엄마는 주로 아이들에게 잔소리를 하거나 사랑을 주는 관계로 묘사되어 있다면, 이 시집

은 「엄마, 미안해요」, 「술래잡기」, 「어떤 꽃
은 눈을 맞고」 등과 같이 아픈 엄마, 또는 이
미 세상을 떠난 엄마에 대한 그리움과 회한
이 주된 정서로 나타나고 있습니다. 이러한
엄마 시편을 쓰게 된 계기나 까닭에 대해 말
씀을 듣고 싶습니다.

이창건: 그래요. 엄마에 대한 동시 가운데 엄마의 부
정적인 면을 다룬 시도 있지만 거꾸로 엄마
에 대한 긍정적인 것도 많지요. 신과 어머니
는 품성이 같다고 하잖아요. 어머니의 자녀
에 대한 사랑은 신이 베푸는 사랑만큼 크고
깊지요. 저는 어머니가 주신 생명에 대한 고
마움과 어머니의 희생에 대한 미안함 그리
고 끝까지 포기하지 않으셨던 저에 대한 사
랑을 모성애라는 시각으로 드러내고 싶었어
요. 저는 이번 시집에서 엄마라는 시편들을
통해 어머니는 빼앗기는 사람, 무조건 주는
사람, 포기하는 사람, 희생하는 사람으로 생
각했던 오해들을 씻어내려고 했어요. 어머

니라는 존재는 칼 앞에서도 이기고 죽음 앞에서도 빛나잖아요. 어머니의 하얀 기억과 노쇠함으로 시설에서 쓸쓸하게 돌아가신 어머니의 죽음이 마음속에 큰 한으로, 응어리로 남아 있어요. 어머니를 생각하면 눈물이 나요.

신지영: 선생님이 동시 안에서 제시하신 어머니의 모습이 우리 동시의 품을 더 깊고 더 풍요롭게 만들 거라는 확신이 듭니다. 또 하나 제가 주목한 부분은 시인으로서의 자세입니다. 이에 대해서는 「못」이라는 시가 인상 깊었는데요. 태어날 때부터 뾰족하게 태어났고 그로 인해 두들겨 맞아도 다시 허리를 펴고 끝없이 세상 속으로 들어가려는 모습이 그러했습니다. 「눈사람」도 감동을 주기는 마찬가지였습니다. 특히 "봄 오면 나는 녹아/사라지겠지만" 그래도 "외로운 겨울을 견디는 나무"에 대한 증인이 되겠다는 것이 놀라웠습니다. 이처럼 선생님께서 생각하시는 시인의

자세는 어떠해야 하는지 듣고 싶습니다.

이창건: 시인의 길은 어둠의 길 고통의 길입니다. 화려하고 눈부신 영광의 길이 아니에요. 시인이 가는 길은 세상에서 가장 멀다고 생각해요. 찰나와 찰나, 순간과 순간들을 기억해야 하니까요. 한편 시인은 이 세상에 없는 길을 가요. 벼랑 끝에서조차 길을 내어 가야 하는 고독한 존재이고요. 그리하여 시인이란 시를 끝내는 순간이 아니라 시를 쓰는 순간에만 존재한다는 사실을 늘 명심해야 한다고 생각해요. 시인은 역사를 증언해야 하며 역사 앞에 부끄럽지 않게 살아가려는 강직한 지조와 절의를 지켜야 한다고도 봐요. 시인의 길은 엄격하고 무겁게 가야 하지요.

신지영: 없는 길을 가는 시인의 모습을 떠올려봤습니다. 길이 없던 곳에 길이 생기고 그 안에 살던 존재들이 길 위로 올라 올 수 있는 세상을 꿈꿔보게 됩니다. 선생님께서 시적 영감

은 주로 어디에서 얻으시는지 궁금하고요.
이 시집에서 가장 애착이 가는 작품은 무엇
이며 이유는 무엇일까요? 그리고 시를 쓰게
하는 원동력은 무엇인지도 말씀해주세요.

이창건: 시의 영감은 스치듯 와요. 그래서 잡아주지
않으면 순간순간 사라져요. 여행을 하거나
산책을 하거나 책을 읽거나 혼자 조용히 있
을 때 언뜻 떠오르는 생각이 있어요. 그것은
유소년의 경험이거나 신비한 자연의 세계
또는 작고 쓸쓸한 사회적 약자들에 관한 것
들이에요. 또한 종교적인 신앙의 문제도 시
적 영감으로 다가오곤 해요. 이번 시집에서
가장 애착이 가는 작품은 「못」과 「돌」이에
요. 「못」은 시인으로 살아가는 저 자신을 고
백한 작품이에요. 저는 시로써 저의 삶을 증
명하려고 해요. 시는 시인의 삶을 닮는다고
하잖아요. 그래서 저의 시는 곧 저의 삶이라
생각해요. 「돌」이라는 작품은 요한복음에 나
오는 간음한 여자에 대하여 제 유년기의 기

억을 떠올려 쓴 시예요. 그 당시 유대에서는 간음한 여자는 돌로 쳐 죽여야 하는 율법이 있었어요. 저는 그 장면을 생각하며 어렸을 때 돌멩이로 개구리를 쳐 죽인 아픈 기억이 났어요. 저의 마음에 내재한 잔인성과 폭력성에 제 몸이 부르르 떨렸어요. 그리고 많이 슬펐어요. 저는 예수가 한 말처럼 돌을 미움과 증오가 아닌, 단죄의 수단이 아닌 자비와 관용, 사랑의 상징으로 드러내고 싶었어요. 저는 「돌」을 통해 저의 잔인성과 폭력성을 성찰하며 나는 정직한가, 나는 진실한가, 나는 순결한가에 대해 스스로 묻고자 했어요. 시를 쓰는 원동력은 저 자신의 반성과 성찰을 비롯해 신비한 창조의 세계와 사회적 약자에 대한 관심 같은 문제들이 저에게 시를 쓰게 해요.

신지영: 저에게도 크게 와닿는 말씀입니다. 앞으로 못과 돌을 보면 저 또한 저의 모습을 반성하고 성찰할 것 같습니다. 이제 마지막 질문이

네요. 평소 시를 쓰지 않으실 땐 주로 어떤 활동을 하시나요? 그리고 독자들이 동시를 읽어야 하는 이유가 있다면 말씀을 부탁드리겠습니다.

이창건: 시를 쓰지 않을 때 저는 빈둥빈둥 놀아요. 누워서 텔레비전 채널을 이리저리 돌리며 뉴스를 보기도 해요. 어떤 날은 동네 골목을 돌아다니기도 하고 일주일에 두세 번은 시장에 가서 장을 봐와 반찬을 만들고 밥을 지어요. 그러면서 대부분 오랫동안 투석을 하고 있어 아프고 쓸쓸하고 슬픈 체칠리아를 위로하고 보살피며 지내요. 그리고 다른 시인들의 시집을 읽기도 해요. 시에 대한 감성을 잃지 않으려고 애를 쓰는 거죠. 시를 읽는 것은 시인의 세계에 대한 인식과 감각이 어떠한가를 공감하기 위해서지요. 시인이 세계와 어떻게 조화를 이루려고 하는지 그리고 무엇을 그리워하고 무엇이 외로워 시를 쓰는지 생각하는 것도 시를 읽는 재미이

지요. 이 세상에서 가장 좋은 시는 동시라고 생각해요. 동시는 사악함이 끼어들 틈이 없는 천진난만하고 순진무구한 시여서 그래요. 동시를 읽는다는 것은 동심의 유지와 회복 그리고 선한 성품으로 세상을 살아가려는 의지를 확인하고 지키기 위해서지요. 어린이들은 물론 학부모와 청소년들도 동시를 자주 읽으면 정말 좋겠어요.

좋은 질문으로 부족한 저의 시 작업에 대해 좀 더 깊이 들여다볼 수 있게 된 보람 있는 시간이었어요. 신지영 시인께 감사해요. 그리고 인터뷰 자리를 마련해준 차여진 도서출판 숨 대표께도 고마워요.

시인과의 대화는 2022년 10월 8일 오후 2시부터 4시까지 광화문 교보문고에서 이창건 시인과 신지영 평론가가 만나 이루어진 것을 정리한 것입니다.